아침달 시집

오로라 콜

숙희

시인의 말

고양이 두 마리와 함께 지내던 겨울
빙글빙글 돌아가는 세탁기가 무서웠다
아이들이 눈에 안 보이면
혹시, 하는 걱정으로 가슴이 쿵쿵거렸다
두 존재의 무사를 기원하며
빨래 더미 속에 제물을 함께 넣기 시작했다

세탁기에 허구한 날 들어갔다 나온 시들을
잘 펼쳐서 말려 여기에 놓는다

너덜너덜하고 구깃구깃한

나의 자랑

2024년 3월
숙희

차례

1부

오로라 콜 13
랑헨에서 17
창문 없는 방 20
유물실 22
상수동 25
내실 29
아기 침대 열두 개 32
랩소디 39
우리는 새라서 40

2부

제한수역 45
맥거핀 57

기린터널 61

종이나비 64

작품에 손대지 마시오 66

이상형 이분법 68

안반데기의 밤 70

그들은 삶을 사랑하기에 앞서
부를 사랑했다 75

지나가던 파랑이 검정을
흉내 내며 웃었지 79

파랑 84

도망친 밤 86

3부

배요 91

서울풍경 92

미래의 습성 94
순종 96
헛꽃 97
쌀알 줍기 98
양자역학의 이해 100
새우를 기르는 꿈 103
아스피린 블루스 104
꽃이 죽었다는 것을 언제 알게 되나요 108

4부

모르는 것을 자랑하는 것을
사랑하는 것 113
태초에 마음이 존재했다 117
하교 120
하현 123

댄스홀 126
종로 128
눈을 감고 들어라 131
Sinking Sun 135
외재와 내재 140
독자에게 142

부록

주파수를 맞출 수 없는
라디오 채널에 관하여 147

1부

오로라 콜

우리 호텔의 투숙객 여러분께.
오늘 밤 오로라가 나타나면 깨워드릴게요.
— 당신의 Q.

무엇을 알기 위해서 무엇이 되기 위해서
선잠에 들었다 깰 때
가져보지 못한 것을 그리워할 때
밤이 긴 곳에서 불면이 이어질 때
실패하기 위한 실패도 있다는 것을 들었을 때
이불 위에서 변기 위에서 초조할 때

핀란드나 아이슬란드나
먼 극지의 호텔에서 한밤중 손님을 깨워준다는
오로라 콜을
내 방에서 기다리지

정말 그러면
나도 그것을 볼 수 있을 것 같고
빛의 휘장을 따라
달리기를 할 수도 있을 것 같아

어느새 새벽 거리의 청소노동자와
음주운전자가 같이 깨어 있는 시간

그 뒤에서
홀로 눈물 흘리게 될지도 모르지
누군가 죽을 것만 같아서
더 나쁜 사람이 죽었으면 좋겠다고 생각하면서

언제나 밤이 충분히 캄캄하지 않아

빛나는 건 사실 인공위성이래
누군가 말해줬던 기억이 나
물어보지 않았는데
정수리 위로 떨어지는
대답이 많아지고

한참 예전엔

가로등이 없는 곳을
찾아다녔는데

너랑 있기도 했고
너희들이랑 있기도 했지

그러면 무서운 게 너무 많아도
아무것도 무섭지 않은 기분이었지

드럼통에 불을 피우고
불이 번질 거 같으면
도망을 가
보란 듯이 키스를 한 적도 있어
눈을 떠보면 낯선 얼굴이 되어 있고
각목이란 각목은 다 부러뜨리고 달아나
붉은 꽃을 꺾으면서도
피가 번져야 장미를 확신했지
절대로 끝나지 않을 것 같던 밤의 연속에서

나는 깨어 있었어

그리고 어느 날엔 그것을 본 것도 같지
빛
그러니까 춤추는 빛

거짓말
전화벨이 울린다

랑헨에서

예수승천대축일을 맞아
물놀이를 하러 온 몸들이 많았어요

랑헨의 계절은
벗고 뛰노는 몸들이 있어
여름으로 향해 가고

가슴을 드러낸 여자들과 남자들이
수면을 넘나들며 햇살을 끌어당겨요

모래사장 위에는
커다란 비치타월을 들고
어린아이의 몸을 닦아주는 사람이 있고
작고 젖은 몸이
반짝이고 있고

다정히 모래를 털어내는
그 장면을

한참 바라보았어요

나의 먼 집을 떠올려보면
불이 들어오지 않는 현관에
돌아오지 않는 구두들만 헤아려지네요

아무리 그려보아도 완성되지 않는 사람이 있어
눈을 질끈 감고
호수에 뛰어들었다가

온몸이 젖은 채로
걸어 나와
미리
여름에 속해보기로 해요

호숫가에 흰 모래는
발자국이 희미한 사람들을 위해

깔아놓은 것만 같고

백사장을 적신 수천의
물기 자국들은
각자의 속도로 말라가네요

창문 없는 방

부모가 있거나 없다는 이유로
부유하는 것이 싫어

이불 대신 사람을 덮고 잘 수 있을까?
물으며

낮아진 숨소리

튀어나온 뼈와 움푹한 뼈를 맞춰가면서
내 위에 너를 눕혔다가
네 위에 내가 누웠다가

서로의 몸이 닮기 위해 꼭
가족일 필요는 없다는 것을 알아간다

우리도 태어나기 전에는
춥지 않았었는데

그곳으로부터
한참을 떠나 와버렸다

네 목소리만이 따스하다
잠들지 말고
계속 말을 해줘

잠들지 않고 둘러보면

없는 창문을 가려놓은
커튼이 펄럭였다

유물실

우리는 고궁박물관에서 나와
도자기들에 관해 이야기했지

질흙으로 만든 배추
질흙으로 만든 오이

탐스러운 속과 시원한 마음

그런 것은 보지 못했다는 너
나는 왜 못 봤냐고
따져 물었지

괜찮은 걸 찾아서
함께 훔칠 작정이었는데
서로 다른 것을 탐내
목표는 미완인 상태였다

가마에서 그것들이 구워지던 낮과 밤을 상상해

숨을 죽이던 시간을
견디면 비로소 태어나고

그런 것을 가지고 싶었어

잃어버린 유물들의 목록을 보관하는
방이 따로 있대

목록은 계속해서 늘어난대

사실은 나 어젯밤에
우리가 훔칠 목록을 적어
고객의 소리함에 넣어두었지

추신. 실없는 농담일까요?
이미 우리가 전부 훔친 뒤라면요?

박물관을 빠져나와 계속해서 걷다 보니

웡웡대는 경보음이 들려

우리는 서로 바라보고
잡은 손을 놓으며

맞지?

먼 곳으로 뛰기 시작했다

상수동

아무튼 제일 늦게 문 닫는 술집을 찾고 있었다
이 동네에 살지 않는 우리 셋이 집에 가기 싫어 버티고
있었다

울은 십 분에 한 번씩은 우울하다고 말하는 사람이다
금은 진단명 양극성정동장애의 치료약을 복용 중이다
그게 금의 전부를 설명하는 것은 아니지만
나는 호기심이 많은 타입 우리는 서로를 엇갈리게 좋아
하고 있다

우리의 사랑은
이를테면 한여름의 담쟁이덩굴과 담벼락과 그 아래서
담배를 피우는 사람 같은 것이다

우리가 자리를 잡은 곳은 상수동에서 제일 유명한 바다
인기가 좋아서 이른 밤엔 들어갈 수가 없다
칵테일이 아닌 생맥주를 주문한다 가느다란 스파게티면
튀김은 공짜

"아주 작은 노력으로 여러 가지를 이루고 싶어."
"미친 좋은 생각이야."
"너무 우울해."

갑자기 조용해지더니 울고 있는 울
울이 울면 나는 딸꾹질이 난다
나는 깜짝 놀라지 않는 타입
딸꾹질이 잘 멈추지 않는다

"혀를 손으로 잡아당기고 침을 뚝뚝 흘리면 딸꾹질이 멈춘대."
"아니야 그냥 죽을 때까지 숨을 참으면 된대."

내가 온갖 짓을 하는 동안
박수를 치며 폭소해서 주변을 조용하게 만드는 금
울음을 그친 울
다시 떠들기 시작하는 나

“난 캄캄한 바다에서 혼자 몰래 쓰레기를 줍다가 물에 빠진 사람처럼 의미 부여 안 되는 죽음을 계획할 거야. 아무도 정말 내가 왜 죽었는지는 모르는 거지. 자살을 했다고 추측할 수도 있겠지만, 그건 진실이 아닌걸. 버려진 쓰레기가 너무 많다는 생각을 계속해왔어. 언제부턴가 그 생각이 내 머릿속을 지배했어. 그렇다고 해서 일부러 바다에 빠지겠다는 소리는 아니야. 그 정도의 용기는 없거든. 그냥 모든 게 우연에서 시작하는 거지. 우연히 어느 날 바다에 가게 된다면 말이야. 하지만 너희는 비밀을 지켜줘야 돼.”

“미친 너무 쓸데없는 생각이야.”

“젠장 더 우울해졌어.”

셋 중의 하나가 취하기 시작했고
바텐더가 묻는다
“담배는 나가서 피워주시겠어요?”
그건 질문이 아니다
나는 생각했다 나는 안 취한 게 분명하다

우리는 밖으로 나갔다

아까는 오지 않던 비가 내리고 있었다
언덕 아래로 빈 택시를 알리는 조명들이 깜박였다
비를 맞고 있는 도로의 표면이 그 덕에 반짝였다
그 광경을 한참이나 바라보고 있었는데

지직
술집의 간판이 꺼졌다 젖은 담배에 불이 붙지 않았다 저 너머로 흐린 해가 떠오르고 있었다 춥다 울과 금은 어디로 간 거지
주머니를 뒤지니 부서진 조개껍데기들이 쏟아져 나왔다

내실

할머니가 돌아가셨는데 밥맛이 좋았지
가족이 많아진 게 오랜만이어서
동생이 없던 내가 동생이 다섯이나 생기고
할머니는 너무 오래 살았대
많이 낳고 또 낳아
나중에 우리를 다 못 알아봤지

가야 할 손님들 안 가고
자꾸 떠들면 혼나니까
우리는 내실에 숨어들었지

내실은 관계자 외 출입금지 곤란한 일들이 처리되는 곳

흰 리본이 달린 머리핀의 위치를 다시 고정하고
깊고 짧은 잠을 자기도 하는 곳
수업 시간에 졸다 깨어난 사람처럼
어른들은 허둥지둥하고
주머니를 뒤지고

돈을 세기도 하는 곳

할머니를 핑계로
여자에게 전화를 돌리는 삼촌
내실에 자꾸 들락거리느라
멋쩍어지자

내 눈썹이 정말 할머니를 빼다 박았다며
우리더러 빨리 가서 절을 올리라고 한다

나와서 보니 아빠는
이제는 없는 사람을 가리키며
좋은 데 한번 못 모셨다며
술을 많이 마시고

나는 아빠랑 놀이동산에 갔던 게 떠올라
아빠 같은 자식은 낳지 말아야지 다짐을 한다

아침이 되어가고
우리들은 장판에 누워
화투장 소리를 들으며 잠을 청했다

다음번에 작은할머니가 돌아가시면
부루마불을 가져와야겠다고 속삭이면서

그런 말을 하는 인간은
천하의 재수 없는 놈이라고 킥킥대다가

잠이 들었다 어릴 적
할머니랑 손잡고
화장실 가는 꿈을 꾸었다

아기 침대 열두 개

언덕 꼭대기 교회
밤마다 울려 퍼지던 돌림노래
열두 엄마를 부르던 울음소리

교회 바로 아래에서
할머니와 나는 살았다

아기를 버리고 달아나던 엄마들
기억을 모포처럼 뒤집어쓰고
경사진 길을 내려가던 모습

십자가를 등진 여자들의 그림자마다
빛이 드는 구멍이 뚫려 있었다

문밖에서 주워 온 아기가 있고 안으로 와서 버려진 아기가 있고 아기들 중에서 유독 뽀송뽀송한 아기가 있고 그 아이에게 고추가 없으면 금방 새 부모를 만난다는 이야기 세상 오직 여기에서만 여자를 선호한다는 이야기

할머니는 했던 얘기를
하고 또 하고

아빠 없이 자란 소녀가 어쩌다 애를 배서 또 아빠가 누군지 모르는 자식을 낳았다는 이야기

이건 내가 그중에서도 제일 싫어하던 것

언덕 위로 가끔 놀러가 분유를 먹여주면
아기들은 배가 부르다고 방긋방긋 웃었다

열꽃이 핀 아기들의 콧물도
방울방울
그것이 귀여워 오래 머무르곤 했다

나는 커서 대학에 갔어요

레이먼드 챈들러가 좋아서 영문과에 들어갔어요

임신을 했어요

중단을 했어요

휴학을 했어요

우울증은 치료 중

금지된 푸른 버섯을 먹는 꿈을 꿉니다

꿈속의 꿈에선 어김없이
내가 언덕 위의 아기가 됩니다

침대가 너무 좁아 저기요 나 좀 일으켜주세요 하려는데
내 혀가 윗니 아랫니 입천장 허공 제자리를 단 한 번도 찾지 못하고

고래고래 울어젖힌다

동네에서 제일 인자한 목사님이
내가 혹시 배고픈지 물어보네
내가 혹시 똥을 누었는지 물어보네

조금만 작게 울면 내가 참 귀엽겠다고 말하네

이게 아닌데
…이게 아닌데

밤마다 울려 퍼지던 돌림노래
내 차례가 지나가고 있었다

이름을 붙여주어도 성이 없는 아이들

우리는 전부 아메리카로 갈 거래요

그러면 요한슨 그러면 스미스 그러면
킴이든 챙이든

어울리는 성에 어울리는 이름을 가지게 될 거예요

축복 있으라

침대에 나란히 누워 우리가 함께 실려 가네 태평양에서 가장 크다는 배를 타고 가네 배가 너무 크면 파도가 느껴지지 않지 전혀 아무렇지 않지 나는 원래 멀미를 하지 않아 이번이 처음이 아닌 듯이 너도 나도 처음이 아닌 듯이 우리는 태연하게 실려 가네 그게 우리의 특기라네 태어난 지 두 달만 지나도 젖병을 잡는 일은 기본이지 우리는 절대로 배가 고프다고 울지 않네 우리는 졸리면 자고 잠이 깨면 일어나 내가 울 때는 하나밖에 없지 나를 낳은 사람의 목소리를 까먹어갈 때 나를 낳은 사람이 나를 낳을 때 내던 울음소리를 흉내 내 나를 낳은 사람이 나를 가지지 않았으면 했네 그래도 내가 이렇게 누군가의 자식이 되어 아메리카로

파이브 포 쓰리 랜딩

쓰리 투 원

제로

구토를 하면서 나는 깨어났다

겨우 시간을 거꾸로 돌려놨는데 해가 뜨고 있었다

비닐봉지와 깨진 전구 뒤집어진 양말
이게 다 아직도 마구잡이로 섞여 있다니

지금 어디서 멈춰 있는 거지?

(잠꼬대가 아니에요)

아무도 열두 아빠를 묻지 않다니

(미친 거 아니야?)

꼭 이 장면에서 소리 내어 울게 되었다

눈을 떠보면 갑판 위였다

랩소디

이마에는 빗방울 떨어지고 뒤통수에는 해가 뜨기를 그린 장면으로 나를 데려가는 중이다 똑바로 서 있기 싫어서 외발로 서 있는 나를 누군가 번쩍 들어 올려주려나 나는 언제든 다시 죽을 준비가 되어 있고 이제 몰래 군사분계선 위에 앉아볼까 왼 다리를 북쪽으로 오른 다리를 남쪽으로 양다리를 벌릴 수 있을 만큼 벌리고 가랑이 사이로 기어드는 개미들과 입술도 없이 입 맞추고 싶다 얼굴로는 거짓말을 고백하고 밑으로는 그 짓을 하고 싶다 결과가 좋으면 결혼을 하고 싶다 그보다는 베갯잇을 벗기고 브래지어를 씌워주고 말 테지만 밤이 되면 초침이 거꾸로 가는 시계를 갖고 싶다 병원에 가기 전에는 노래방에 가고 싶다 아버지를 어머니라 부르고 싶다 어머니는 아저씨라 부르고 싶다 다시 태어나면 부화하고 싶다 아직 부화하지 않은 것을 낳고 싶다 메추리알처럼 작은 것이면 좋겠다 한 번에 네다섯 개를 낳고 싶다 여러 알을 낳아 나는 모범시민이 될 것이다

우리는 새라서

작은 벌레 떼가 나란히 어깨에 물을 지고 와서 끊임없이 모래 위로 쏟아버린다
그것을 인간들은 밀물이라고 불렀다

엉금엉금한 파도

그 위를 공중선회하는
너의 모습은
눈이 부시고
바라보다 눈물이 날 것도 같다

너는 별안간 나를 엄마라고 부른다

나는 너에게 말한다
첼로와 바이올린의 소리를 구별할 줄 아는
그런 시민을 키워내는 세계도 있다는 것을
그런 것을 교양이라고 부르는 세계를

쉬이잇
끊임없이 파도가 왔다가 가고
이따금
너에게 물방울이 튀고

점점 젖어가는 색
꼭 피가 번져가는 것 같다

날개 없이 오래도록 날고 있다

2부

제한수역

깊은 곳에서

아주 예쁜 것 아주 못난 것 혹은 도망가지 않는 것은
절대로 건드리지 말 것

평정을 유지하기 놀라지 말기 오직 호흡에 집중하기

스킨다이버들이 새겨야 할 바다의 규칙

깊이가 점점 높이가 될 때
수면을 뚫고 내려온 햇빛이
각각을 비추면

나의 정처 없음이 더욱 주목되고
인간만이 유일한 불청객이라는 자각

니모의 죽음을 불러오고
코랄의 인내를 헛되게 하고

블루를 파괴하지 않도록

단 하나의 집중이 요구되는

바다, 음성이 없는

바다, 파장으로만 말하는

바다, 배워야 할 모든 것은 이미 배우고 들어왔어야 하는

바다, 깊게 비상하면 모든 생명들이 반쯤 크게 보이는

바다 아래선 나도
어느새 바퀴처럼 구르게 되고
바닥 낮은 곳 나도
천천히 비행기처럼 착륙하게 되고

해양청소부의 꿈

세상의 모든 쓰레기를 청소하는 꿈, 소원 비슷한 것
다 주워 담으면 이뤄지는 일일 줄 알았는데

버린 것을
버릴 곳이 없다

하수구의 마지막
쓰레기 섬의 바깥
마지막의 마지막도
바깥의 바깥도

바다
플라스틱 아일랜드의 바다

보라카이 하와이 모리셔스
여기에서 저기로 저기에서 거기로

도는 시계 도는 해류 도는 인간 도는 선물

아무 마음 없는 관광객
아무 생각 없는 외계인

국적을 물으면
자랑스럽게 외치는 코즈모폴리턴

사는 것이 민폐임을 모르는
이십일 세기의 바쁜 시민들이

뛰어들 수 있는 가장 먼 바다란
배를 타고 가는 곳
기껏해야 쾌속선이
해 지기 전에 도달해야 하는 곳

해양의 오른쪽 뺨에서
플라스틱 고기들이 출몰했다

영원히 녹이 슬지 않는 것
해파리보다 가벼이 떠다니는 것
이십 세기에 버려지기 시작한 것들

거북이가 삼킨 스트로
헤엄치는 줄 알았던 스트로

난파선은 움직이지 않았다

가끔은 거리를 없애볼까

어제는 침대 위에서 잘못 들었다
묶을까? 묻는 애인 말에
당신이 원한다면요
라고 했더니

신속하게 불을 껐다

불 끄고 시작하려면
제대로 발음하라고 따질 수도 없고

느는 것은 모르는 척
아주 작은 오해로 빚어내는 교합
애인이 어루만지는 나

어둠 속에서 물고 더듬다 보면
예쁘고 못생긴 게
다 무슨 소용인가 싶고

도망갈 곳 없는 구멍
거기에 바다가 있다고
크게 말할 뻔

물속에서는 소리를 낼 수가 없지
착하지
조용한 것을 좋아하는 애인

애인의 원래 직업은 스킨다이버

사정이 끝나자 섹스가 끝났다
여름휴가로 블루홀에 가자
이집트는 너무 멀지 않아?
긴 휴가를 내면 되지

기네스북 속 다이버도 거기서 죽었다

수신호

약속한 대로 움직일 것
엄지는 상승 손바닥은 멈춤 브이는 나를 봐

수온이 적절한 날이면
우리는 바다에 다녀왔다

무사한 연습
무사한 실전
약속을 잘 지키는 날들이 이어졌다

어느 밤 한참 하고 있을 때
내가 갑자기 엄지를 치켜올리면 웃음이 터져 나온 애인이 나를 혼낼까?
손바닥을 내어 보이고 브이를 하면 화가 난 애인이 웃는 나를 혼낼까?

먼 곳에서

애인을 설득하려 시도해본 적이 없어서
애인을 설득하는 일은 항상 실패해

혼자 생각하지 지금은 휴가 중인걸
고래의 안위나 플랑크톤의 내일에 대해서는

일상에 복귀해 생각하자고

그래 맞는 말이지 까무룩 잠들고
목덜미에
땀을 닦으며 깨어나 보면
나의 과거가 다가와 있다

나의 옛 직업은 간호사
전염병이 창궐한 마을에서는
주사기가 안전을 지켰다

우리들이 매일 사용하고 버린 것들이 다 사랑이었지
플라스틱
인류애였지

잘못한 게 없는데
자꾸 나쁜 꿈을 꾸었다

반복되는 꿈은 자의식 과잉에서 비롯된 거래
사람을 살리는 일이랑
바다를 살리는 일이랑 비교하는 건
누가 봐도 억지래

그러나 주사기를 어마어마하게 쓰고도
우리는 이런 미래를 맞이하게 된걸

이퀄라이징

휴가의 마지막 날엔 바다에 들어가면 안 돼
바로 비행기를 타는 건 무척 위험하지

그래도 고집을 부려서 잠수하고
수면 아래서 일 초마다 귀가 따가운 놀이
감압이 안 되면 코피가 터져
바닷물을 피로 물들이면

알지? 무서운 거?

사실 무서운 거?
내가 스치기만 해도
죽어버리는 물고기들이 있단다

못생겨서 친숙해도
절대로 건드리지 말 것

차라리 도망가기 상상하지 말기 사색하지 말기
들숨 날숨 들숨 날숨 들숨 날숨

먼 데서 다가오는 회색고래의 허리에 집중해
저거다! 저거!

말은 모두 속으로 삼켜지고
공기 방울을 내뱉으며 애인을 뒤로한다

이제 수거할 것들을 수거할 차례

난

여기에 남을 것이다

맥거핀

정신의 한쪽을 내려놓은 사람들이
팝콘과 콜라를 더듬어 먹으면서
살아 있다는 게 끔찍하지 않아?

나에게 기회만 주어진다면
극장 바닥에 옥수수를 깔아놓고
불을 지를 텐데

파팝 팝콘이 터지도록
어떤 영화보다도 이게 나을 거야
훨씬 재미있을 거야

아무도 극장에 불을 지르지 않는다는 게
신기하지 않아?
왜 다들 꼼짝 않고 있는 거지?
자꾸 묻자

엄마는 나를 의사에게 데려갔다

질문과 병원 사이에 많은 사건이 있었다지만
기억이 잘 나지 않는다

*

하루살이는 먹을 필요가 없어서
입이 퇴화했대요

나는 말할 필요가 없어서 입이 퇴화했으면 좋겠네요

떠들자 내가 놀라고
놀란 내가 떠든 나를 다그치고

병원에선 정숙해야지
쉬잇
자꾸 오줌이 마려워지는 기분

*

함께 영화도 보고 쇼핑도 하고
좋은 시간을 늘리라는 처방

엄마는 새 피아노를 사준다고 했다
작고 둥근 생각들이 미끄러질 만한
매끄러운
검정 피아노

생각의 씨앗은 자라지 않았을 때가 최선이래
낙원동 악기상가까지는
걷는 게 좋겠구나

*

악기상가 골목 입구에
씨네마떼끄가 보인다

외국어 영화를 상영했다
여자 하나와 남자 둘이 벗고 같이
목욕을 하는 그런 외국

잘못 고른 게
영화 한 편만일까

불에 탄 악보
물에 젖은 피아노
나무는 잘도 썩었다

불을 지르는 장면은
맥거핀에 불과했다는 이야기

아무도 믿어주지 않았지만,

극장의 회전문을 빠져나오자
천둥이 치고 있었다

기린터널

나를 앞서가는 빨간 티코
어쩐지 그것은 오랫동안
나를 기다려온 것만 같다

흰 검 은 흰 검 은

자동차들의 행진 속 빨강
티코를 따라 터널로 들어간다

우리는
　　　　달린다
앞뒤로
　　　　나란히

라디오 제 주파수 찾지 못하고
조명 아주 휘황찬란하다

새빨간 차를 뽑을 거야

스무 살엔 바닷가 마을에서 살 거야
여관에서 먹고 자고
휴가철에 청소 빨래 하고
나머지 계절엔 펑펑 놀 수 있대
너의 이름과 나의 이름을
새로 지어 부르고
우린 외국에도 갈 거고
외국보다 더 멀리도 갈 거야

매일매일 생겨나던 약속들 손목과 팔목 사이 얇은 실로 엮은 팔찌들 운동화 바닥에 박히던 돌들 서로 빼주겠다 멈춰 서서 나뭇가지 주워 쑤시다 보면 금방 부러질 듯

마음은 가슴에 있는 게 아니래 아무 데도 손끝에도 사실 없는 거래

그 말을 정말이지
믿지 않았었는데

어떻게
단 하나의 약속도 지키지 못한
미래

그리고
쾅

허겁지겁 터널을 빠져나오니
이국의 해변
낡은 여관 옥상 위 빨래 너는 풍경

그렇게 가까워지고
이내 멀어지고

종이나비

빼곡한 벽에서
한 장의 포스트잇이 떼어지는 장면 속을 걸어간다

작은 빈자리는 다시 채워지고
다만 빈자리가 커지면
한꺼번에 치워질 것이다

많은 마음이 아직 부족할 때
더 많은
마음 아닌 것들

부풀어 오른 마음과
이내 가라앉는 마음들이
도시의 구조를 이룬다

내가 있고 당신이 있었는데
당신은 아무도 없다고 말했고
나는 아무도 없다고 느껴졌다

당신은 나의 잠속에 번번이 등장해
포스트잇을 떼는 사람

그것들을 자꾸 주워 모은 나의 방은
종이나비들로 빼곡하고

어둔 방에 누워
떼어지면 서서히 망가지는 것들에 대해 생각했다 가령
어린 시절 잡았던 잠자리와 매미의 날개처럼

포스트잇이 천천히 떨어지는 장면 속을 걸어간다

그것은 바닥에 내려앉기 전에
부연 먼지 속에서 한 번 날아올랐다

작품에 손대지 마시오

살갗이 따가워 셔츠를 입을 수 없어. 닿기만 해도 젖꼭지가 쓰리고. 나는 브라렛을 먼저 벗었다. 거울을 보면 차가운 공기 속에 긴 팔을 휘저어보는 내가 있었다. 내일은 셔츠를 벗었고. 모레는 알몸이 되었다. 처음에는 너도 벗은 몸으로 있는 나를 좋아했지. 차갑게 식은 몸을 끌어당기고는 웃기도 하고. 두 손을 비벼 가만히 내 두 눈을 덮어주기도 했다. 하지만 내가 옷을 입을 수 없으므로 외출하지 못하겠다고 하자 너는 나의 몸을 농담처럼 여겼다. 두 팔로 나를 번쩍 들어 옮겨서 나를 씻기고 나를 닦이고 물기를 털어주었다. 돌아다니는 알몸은 하루 동안은 욕망이 되고. 사흘 동안은 재미가 되고. 열흘째에는 갈등이 되었지. 네가 새 옷을 입혀주겠다고 하자 비명이 나왔다. 하지 마. 나를 스치지 마. 아무 일도 아닌 것처럼 굴지 마. 그제야 너는 나의 눈동자를 쳐다보았다. 오랜 미래가 될 알몸. 너는 나를 떠나야 한다고 말했다. 문제는 피부가 아니라 머릿속일 거라는 소릴 지껄이면서. 거울 속에 물결이 일고 있어. 잔잔한 음률의 노래가 들려와. 노래의 끝에는 현관문이 열렸다 닫히는 소리가 따라붙어. 네가 사라진 뒤에도 아침은 올 것이고. 아침이 되면 나는 다시 벗어야만 해. 여전히 아무것도 걸치지 않고 있으면서도. 모욕을 벗고. 소름을 벗고. 고함을 벗고. 머릿속을 다 뒤집어 까고. 덕지덕지 들러붙은 하루치의 총체를 벗어야 해. 숨을 토하면 어제가 사방으로 흩어진다.

이상형 이분법

하루의 담뱃값이면 종일 싱글벙글한 사람을 상상한다.

내 오랜 애인은 그렇지 않다는 자각에서
비극은

삐끔.

우리는 길에서 싸웠다.

그는 말보로 레드를 피웠다. 사는 게 힘들어 독한 게 좋다며. 나처럼 담배를 안 피우는 사람은 절대로 모른다는 레드와 라이트의 차이. 가끔 그는 레드를 피우기 위해서 힘겹게 사는 사람인 듯했고.

나도 처음엔 말보로가 끼워진 그 손가락에 반했던 거였지.

분유마다 맛이 달라 아기들도 자기가 먹던 게 아니면 바로 안다고. 왕창 운다고.

천사들의 지독함.

이래서 아기가 두려워.
저 울음소리에 조금이나마 단단해진 내 머리가
금세 부서질 듯하고

짤랑.

아기는 필요 없지.
내가 도착할 곳은 부드러웠던 과거가 아니니까.

우리 이후의 우리.

알아버린 모든 것을 피워대는 골목.

안반데기의 밤

— 두 연인

그곳은 캄캄
우리는 작은 자동차를 타고
안반데기로 가는 중이었지
아주 캄캄
경사로를 오르면
오를수록 그곳 캄캄

은하수를 볼 수 있다는 안반데기는
한겨울엔 은하수가 안 보여
아무도 찾지 않는 듯
그래서 가봐야겠다는 너
가로등도 뒤따르는 차도 없이
어두운 그곳에서
우리는 작은 자동차를 타고 꼭대기로
올라가고 있었지

이따금 반대편 도로에
불빛이라도 보이면 나는

"휴 다행이다"
그러면 너는
"뭐가 다행이야"

캄캄함 속에서 누가
더 예민한지 언제나 시합

"사람이 있다니 다행이지"
그러면 너는
"누군 줄 알고 다행이래"

동굴 안에서 그 어떤 좋은 것을 볼 수 있대도
동굴로 걸어 들어가면서 인기척이 너무 없으면
두려움만 커질 뿐이라고!(나 혼자 속으로만 생각)

우리가 오르는 길이
길이 맞는지조차 헷갈려질 때
"이제 그만 돌아갈까?"

그러면 너는
"돌아가는 길은 더 멀어"

나는 라디오를 틀었다
사람의 웃음소리를 듣고 싶어서
주파수를 이리저리 맞춰본다

"휴 안심이야"
그러면 너는
"정말 안심이 돼?"

"다른 사람이라도 웃는 소리가 들려서"
그러면 너는
"여기 있는 사람도 아닌데?"

"어쩌다 우리가 이렇게 되었나요?"
스피커에서 목소리가 흘러나오고
너도 덩달아 웃음을 터트린다

하늘이 가까워져오고
조금만 더 올라가면 될 거 같은데
히터가 안 나오는 자동차
정말 너무 추웠던 밤

어쩌다 그리고 가다 보니 정말
다 왔다
집은 아주 멀어졌고
언제까지 계속될까 너의 취미

자동차에서 내리자마자 나는
“너무 추워”
그러면 너는
“별이 쏟아지는 게 정말 다른 세상이다”

“몰라 진짜 예쁘긴 예쁜데 귀신 나올 거 같아”
그러면 너는

“이 정도로 같은 취향이라면 귀신이라도 친구 해야지”

눈부신 어둠 아래
우리 둘 어쩌면 셋

그들은 삶을 사랑하기에 앞서 부를 사랑했다

어디에서든 안과 밖이 연결돼 있대
안도 다다오가 지은 뮤지엄에 앉아
빗소리를 들으며
이 비는 얼마일까 묻고
우리는 웃는다

시에 소리가 있다는 건 거짓말 같아
아무도 시 낭독을 하지 않는데

노출 콘크리트가 젖고 있다
너 이런 양식 싫어하잖아
어쩔 수 없이 싫어하게 됐지 다 따라하잖아
그래도 이런 집에 산다면 결혼이란 걸 해볼 수도 있을 것
같아

어떤 다큐에서 정말로 그림 같은 집을 보았다
노란 장미와 야자수와 파란 수영장이 딸린 하우스
집의 주인은 화가

그가 그리는 그림에선 부유한 냄새가 났다

부유한 것
깨끗한 것
그것보다 선명한 게 없지

깨끗한 작품을 본 적 있다
잘 팔렸다

다음 생애에는 금발로 태어나야지 안 되면
금발 염색이라도 어울리는 영국 남자로 태어날 거야

아이고 또 태어나시게요?

다시 태어나려면
빨리 죽어버리자

우리는 또 웃는다

주말마다 돌아가신 예술가들의 살림살이에 보태주느라
우리들은 생활비가 부족할 지경

토요일 아침은 열무김치에 계란프라이에 누룽지를 먹었고요
일요일 아침은 열무김치에 누룽지 많이 먹었어요

하지만 모든 문화생활이 반값이라는 매월 마지막 주 수요일엔
출근을 해야 하고요

우리가 누구누구 욕하는 거
실은 너무 부러워서 그러는 거잖아요

중학교 때 처음 알았어요
예술하는 건 돈이라고요

참 일찍 알았는데
아는 건 아무 상관 없는 거였어요
예술하는 거랑

우리는 또 시 써요
밤인데 잠도 안 자고

☾ 조르주 페렉, 『사물들』, 김명숙 옮김, 펭귄클래식코리아, 2011.

지나가던 파랑이 검정을 흉내 내며 웃었지

종아리가 퍼런 아침
적당히 아파서 걸을 수가 있었다

사타구니가 퍼런 아침
많이 아파도 걸을 수가 있었다

학교에 갔다

하마가 수업을 하고 있다
하마가 물을 내뿜는 시동을 걸면
앞자리의 나만 몽땅 젖어버렸다
온종일 너무 추웠다 종례까지 견딜 수 없어

집으로 왔다

세탁기 돌아가는 소리
설거지하는 소리
물이 주어진 소임을 다할 때

나는 울 수밖에 없었어요
챙챙거리는 소리에 귀를 막고
밤이 길어지는 만큼
벌레들이 늘어났고
옷이 잘 마르지 않았어요

모든 착한 여자애들은 죽기 전에 지옥에 갔대
죽고 나서야 천국으로 간대
지옥은 작은 방, 천국은 작은 방 안의 작은 방
만약에 천국이라는 게 있다면 말이야

시를 읽는다
글자 조각들이 아름답다는 말을 하고팠지만
너무 슬프고
아무 생각 하지 않을래

접어놓은 책 귀퉁이
더욱 슬프고

기억하지는 않을래

슬픔은 슬픔대로
자전거의 바퀴를 바라보고 있으면
동그랗게 굴러가는 무릎

아이들의 웃음소리가 들린다
내가 아이였을 때 나보다 더 어린아이들이 있었고
부드러운 무지개
크레용으로 무릎들이 꿰여 있었지

관절 인형이 되는 꿈은 꾼 적 없는데
자꾸 인형의 팔다리가 부러지는 꿈만

깨고 나면 내 것처럼 아팠지
걸어서 학교에 가다 보면
나보다 큰 남자아이들이
불장난을 하며

팔꿈치를 태우며 놀았다 시간이 지나면 손목을 태우며 놀았다

붙잡힌 내게 노래를 부르면 보내준다고 했다
꼭 목소리가 나오지 않는 날이었어
오줌을 쌌고
팔꿈치 말고 손목 말고 다른 걸 내놓으라 했다

불꽃 뒤에는 모든 게 흐릿하게 보여
움직이면
슬퍼지는 춤
아파지는 춤

우리 동네에는 아주 큰 병원이 있어
너무 자주 들리는 사이렌 소리에는 아무도 놀라지 않지

눈을 뜨니 맨발
공사판 모래 속에 숨겨놓은 신발

한 짝은 끝까지 찾지 못했다

내가 자위를 배웠다고 해서 나를 강간해도 된다는 뜻은 아니에요

꼭 목소리가 나오지 않는 날이었어

조용한 게 무서워
곧 조용하지 않을 거라서

천국은 고요한 곳일까
만약에 천국이라는 게 있다면 말이야

◟ 백은선, 「조롱」, 『아무도 기억하지 못하는 장면들로 만들어진 필름』, 현대문학, 2019.

파랑

빈 교실 천장에서 떨어지는 물방울 손바닥 위로 하나 둘 내려와 누웠다 쥐어보려 손가락을 오므렸다 펴보면 물줄기가 되었다

손에선 항구의 냄새
어진 대영 스텔라
고기잡이배의 이름들을 떠올리고

위를 올려다보니
바다가 펼쳐져 있다

잔잔한 너울이 유혹하지만 나는 머뭇거리고

파도에서 떨어져 나온 포말은
바다라고 부르지 않아

계속해서 생겨나는 바다의 최후

흘려보내고
또 흘려보내고

내가 잠시 다른 것이었던
여름

힘껏 높이뛰기를 해보면
머리부터 젖어드는 기분
구름 속으로

도망친 밤

종일 걸어온 우리는 지쳐 있었다 앉을 곳이 필요했다 아무 말 하지 않고 앉아 있을 곳 상영시간표에 마지막 영화 우리 둘뿐이었다 바닷가 마을의 독립예술극장에서 매표 직원은 심드렁한 표정으로 티켓을 발권했다 우리만 안 왔으면 저 사람 퇴근할 수 있었을지도 몰라 네가 속삭이자 나는 약간의 죄책감을 갖게 되었다 극장 안의 공기가 싸늘했다 영사기가 뿜어내는 빛 속에서 산란하는 먼지들은 언제 봐도 익숙해지지 않는 광경 영화는 어떻게 만들어지는 걸까 잠시 눈이 멀 듯 몽상에 빠질 듯 우리가 마침내 여기에 있다는 사실을 한 번 생각하고 움직이는 빛의 세포들을 바라보고 있다 보면 영화가 시작한다 낯선 감독이 만든 낯선 제목의 영화였는데 시한부 소녀가 제멋대로의 연기를 펼치고 있었다 나는 스토리를 파악하는 데 젬병이어서 음악에 귀 기울이고 화면을 감상하는 데 집중하려 해본다 자막을 읽고 드문드문 놀라곤 한다 너는 입을 다문 채로 얌전히 앉아 있다 영화를 보고 있는 걸까 어제 있었던 일에 대해 생각을 하고 있는 걸까 우리는 일하던 요양원에서 같이 도망쳐 나왔다 우리는 그곳에서 더 이상 지켜보기만 할 수도 없었고 그렇다고 어떻게 소리치면 될지도 확신할 수 없었다 요양원은 너무 깊은 곳에 있었다 우리는 버스를 기다릴 수 없어 무작정 시내까지 걸어야만 했다 허기를 채우고 눈에 띈 곳이 이 극장이었다 극장 안에 우리 말고 아무도 없었지만 우리는 계속해서 조용했고 모차르트 교향곡이 극장 안을 채울 때 고개를 돌려 잠시 서로를 바라보았다 화면에 어둠이 드리워 너의 표정을 정확히 볼 수 없었다 내가 어떤 표정을 지었는지 너는 보았을까 어찌됐건 갑자기 초조한 마음을 갖게 된 건 그때부터였고 나는 영화 속에서 가장 가끔 등장한 한 명을 골라 감정을 이입하려 해봤다 배경 속에 있는 한 배우가 보이기 시작했다 손끝까지 열심히 연기하고 있구나 나만이 볼 수 있는 것을 보고 있었다 마치 오래 알아온 사람처럼 오래 알던 사람이 마침내 비중 있는 조연 역을 따낸 것처럼 그러나 그러한 생각은 잠깐 동안만 지속되었고 시한부 소녀가 죽자 영화는 끝났다 끝나기로 예정돼 있었던 것 감독의 계획대로 된 것이다 자리에서 일어서며 네가 물어왔다 이제 우리는 어디로 가지?

3부

봬요

내일 봬요 그래요 내일 봬요를 처리하지 못해 그냥 평범한 사람처럼 보이고 싶어서 내일 뵈요 라고 썼다가 그건 또 영 내키지가 않아 그럼 내일 뵐게요 라고 적어보니 다소 건방진 듯해서 이내 그때 뵙겠습니다 라고 고치자 너무 거리를 두는 것 같고 내일 봐요에 느낌표를 붙였다가 떼었다가 두 개를 붙였다가 떼었다가 갈팡질팡하는데 가벼운 인사를 가벼운 사람으로 당신이 나를 오해할까 잠시 망설이다 숨을 고르고 다시 봬요로 돌아온다 그런데 봬요를 못 알아보고 세상에 이렇게 한글을 이상하게 조합하는 사람도 있네 라고 하면 어쩌지 아니면 봬요는 청유형 존대어라 어색한 걸 모르냐고 되물을까 봐 아무래도 이건 안 되겠다 싶어져 내일 봅시다 라고 따따따 찍어보니 참나 이건 정말로 더 아니다 싶어 결국 내일이 기다려져요 라고 보내버리고는 손목에 힘이 풀려 폰을 툭 떨어뜨렸다

서울풍경

자고새가족이 모여 있다
자고새가족이 무언가를 중얼거리고 있다
자고새가족이 도심공원의 운동기구를 바라보고 있다
자고새가족이 잔디 위로 걸어가고 있다
자고새가족이 버려진 매트리스에 점프해 엉덩이를 털고 있다
자고새가족이 딱딱한 빵 부스러기를 주워 먹고 있다
자고새가족이 꽃향기를 맡고 있다
자고새가족이 움직이는 장례용 화환들을 쳐다보고 있다
자고새가족이 그림자를 따라 길을 건너가려 하고 있다
자고새가족이 도로 한가운데서 멈칫하고 있다
자고새가족이 자리를 잡는다
자고새가족이 기도를 시작한다
자고새가족이 교통 흐름을 방해하고 있다
새들이 자살을 시도한다는 119신고가 접수됐다
자고새가족이 한국어를 알아듣지 못하고 있다
자고새가족에게 어느 다정한 이가 다가오고 있다
그의 회초록빛 눈동자에 비친 자고새가족이

있는 힘껏 도망가라는 말을 듣고 있다 자고새가족이
도망가라는 뜻을 겨우 추측하고 있다 자고새가족이
하염없이 푸드덕대고 있다

미래의 습성

석양이 깔린 호숫가를 걷고 있을 때 목소리를 들었다. 목소리는 작지만 또렷하게 말하였다. “나는 죽어가고 있소.” 목소리의 주인을 찾으려고 사방을 두리번거렸으나 겨울바람에 흔들리는 마른 풀들과 누군가 버리고 간 과자 봉지 같은 것들밖에 눈에 띄지 않았다. 가던 길을 다시 가기로 했다. 그러자 목소리는 아까보다 크게 말하였다. “나는 죽어가는 중이라오.” 걸음을 멈추고 허리를 숙여 땅을 훑어보았다. 말라붙은 지렁이 옆 풀들 사이로 고슴도치 한 마리가 보였다. 나는 고개를 갸웃했다. “어째서 내가 아직도 죽지 않은 것인지 모르겠소.” 분명히 고슴도치의 작은 입이 움직이고 있었다. 그것을 만져볼까 하였으나 두려운 마음이 생겨 주머니에서 꺼내려던 손을 다시 깊이 찔러 넣었다. 갑자기 고슴도치는 지렁이를 이빨로 잘게 찢기 시작했다. 나는 고슴도치가 죽어가고 있다던 말을 믿을 수 없었다. 휘이. 지렁이의 파편들이 큰바람 한번에 쓸려 날아갔다. 흔적도 남기지 않고. “이것이 내가 원하는 미래요.” 나는 고슴도치의 습성에 대해 아는 바가 거의 없었다. 말을 하는 고슴도치에 대해서는 더욱 그랬다. 어떻게 자리를 떠야 할지 고민하고 있을 때 고슴도치가 내 오른발 운동화 위로 올라탔다. “나를 아주 멀리 차주시오.” 나는 그러지 못했다. 그러나 고슴도치는 발끝에서 여전히 떨어지지 않았다. 그대로 나는 먼 길을 천천히 걸어갔다.

순종

내가 톰 요크랑 자고 싶다고 했을 때 애인은 토라지고

다신 자기 앞에서 그런 말을 하면 안 된다고 당부를 하고

내가 어디서 라디오헤드를 만나 그런 염원을 이루겠느냐 했을 때 너는 당황하고

자고 싶다는 말은 밴드를 향한 찬양의 메타포일 뿐이라고 특히 3집 앨범에 대한 내 식대로의 헌사라 했을 때 너는

발끈하고 불끈하고

시행의 착수나 미수가 아니더라도 다른 남자와 자는 상상을 하는 여자는 음흉한 거라고 침대에서 빌려오는 비유는 불경한 거라고

또 요즘 얼마나 민감한 시대인지 알지 않느냐고

나의 죄명을 조목조목 들고

어이가 없어진 내가 톰은 리더지만 목소리도 얇고 키도 작고 다리도 가늘다고

그것은 많은 의미를 내포한다고

솔직히 잘 생각까진 없었다고 말을 했을 때

나는 내 말이 다 허튼소리이고 얘를 버리고 톰 요크와 놀고 싶었다

헛꽃

나도 꽃잎을 피울 수 있음 더 선명한 보랏빛을 뿜을 수 있음 꿀벌을 꾈 수 있음

다만 머리에 앉힐 수는 없음 꽃가루를 받을 수 없음 고로 수분할 수 없음

잠깐 저 나비도 속일 수 있음 허나 이내 들킬 수밖에 없음

악기를 만질 순 있음 연주를 할 수는 없음 편지를 쓸 수는 있음 답장을 받을 순 없음

정말로 *쉘 위 댄스*

잎을 접을 수 있음 잿빛으로 시들어갈 수 있음 이슬에도 떨어질 수 있음

그럼에도 붙들고 있음 매달려 있음 감싸고 있음 그런 절실함 있음

쌀알 줍기

차량들이 경적을 울리기 시작했다. 그 소리가 워낙 커 빌딩에서 나도 창밖을 내다볼 정도였다. 작열하는 태양 아래 한 노인이 도로 한복판에 쭈그려 앉아 있었다. 노인 옆에는 시커먼 자전거가 넘어져 있었다. 주행 신호가 녹색으로 바뀐 지 한참이었는데도 노인은 아랑곳하지 않았다. 노인은 포대에서 쏟아진 쌀알을 줍고 있었다. 여기저기서 또 경적이 울렸다. 몇몇 운전수들은 귀를 먹었냐며 고함을 지르기도 했다. 노인은 그래도 꿋꿋했다. 참다못한 차 한 대가 노인과 자전거를 스치듯이 살살 지나가자 눈치 보던 차들이 뒤따랐다. 노인은 조심히 쌀알들을 다뤘다. 이따금 노인은 도로를 쓰다듬는 듯했고 무언가를 중얼거리기도 했다. 아스팔트 위에 떨어진 쌀은 노인의 둔한 손가락으로는 여간 주워 담기가 어려운 게 아니었다. 하지만 노인은 포기하지 않았다. 구경하는 행인들이 늘어갔다. 어떤 이가 나서서 노인를 도와주려다가 멈추지 않는 차들에 놀라 물러섰고 어떤 이는 그 모습을 핸드폰으로 촬영했다. 또 다른 이가 나서 노인을 끌어내려고 했지만 노인은 꿈쩍도 하지 않았다. 행인들이 소리를 치다가 결국 경찰에 신고를 했다. 금방 다시 신호는 바뀌었다. 이제 차들은 자연스럽게 노인을 아슬아슬 피해가며 도로를 달렸다. 한 톨도 안 남을 때까지 저럴 작정인가. 군중이 수군댔다. 마침내 노인이 마지막 낟알 하나로 보이는 그것을 주워들면서 자리에서 일어났을 때 순찰차가 도착했다. 그것에도 아랑곳 않고 노인은 자전거를 타고 사라졌다. 소란했던 거리는 아무 일도 없었던 것처럼 금세 조용해졌다. 지루해진 도로를 놀래려 비둘기들이 날아들었다.

양자역학의 이해

사람을 만나고 집으로 돌아왔다

으슬으슬할 때 마시면 좋을 거야
사람이 준 허브티 티백을 가방에서 꺼낸다

정원을 가꾸며 고양이나 돌보고 싶다
샤워한 몸을 말리며
흘러드는 생각을 흘려보낸다

어쩌면 페르시안 고양이를 만나고 온 것만 같다
내가 조만간 키우게 될 고양이 말이다
사람은 페르시아인이 아니지만 어쨌든

에티오피아산 핸드드립
발레스커트 모양의 유리잔
곁들여 시킨 카눌레
코발트블루색 벽지
영화 바그다드 카페의 배경음악

모든 것이 부드럽게 흐르던 시간이었지
사람은 그곳이 사막을 추억하게 한다고 좋아했다

테이블 위에 올려져 있던 사람의 손
나의 것과 참 닮아 보였고

노래를 불러본 지 오래된 것 같다며
사람이 마이크 쥐는 시늉을 하고
우스꽝스러운 모습에 웃음이 터져 나왔다

우리가 함께 웃었다는 흔적은
어디에도 없지만

나와 헤어지고 사람은 집으로 간다고 했다
사실 그런 대화도 나눈 적은 없었지만

오늘 찍은 사진 속에서 사람이 나를 보고 있다

사람이 내게 말을 거는 찰나에 사진이 찍혔다
사람의 입은 반쯤 벌어져 있고
입술 옆에는 갈색의 점이 있다

사실 나는 그런
사진이 없다
그때 사람의 그 표정의 사진으로 찍어볼까 생각은 해봤지만

아무것도

물기가 다 마르고 나면
여기에서 깨어날 것이다

새우를 기르는 꿈

화재경보기 울렸다 금방 꺼졌다 화재경보기 다시 울렸다 주민 여러분 대피하십시오 연기 안 보였다 그래도 일어났다 수조 커서 들 수 없었다 화재경보기 계속 울렸다 수조 안고 두리번거렸다 안에 새우 많았다 주민 여러분 대피하십시오 새우 들고 뛰기 시작했다 긴 복도 아무도 없었다 승강기는 위험합니다 새우 계속 들고 있었다 비상구 안 보였다 창문 창문 보였다 높았다 안 될 것 같았다 갑자기 조용해졌다 벨소리 그쳤다 주민 여러분 경보기 오작동입니다 오작동입니다 그런데 새우 다 죽었다 나는 잠 깼다 수조 없었다 주먹을 꽉 쥐고 있었다 비린내가 났다

아스피린 블루스

옥상에서 떨어지고 있었다

내가

펄펄

날고 있었다

여기는 꿈속인가요?

공중에서는 메아리가 울려 퍼지지 않는다

별안간 나는 몸도 머리도 없이

그저 둥둥

풍선처럼 떠 있는

심장 하나

투명한 날개 단 듯

심장 된 나

빛 사이로 부서져 나온

너울거리는

찌르레기 울음 같은

파도 입과 목청 떼가

몰려왔다가 사라져버리고

나는 갓 잡힌

벵에돔처럼 아니 물범이나

어쩌면 대왕고래처럼

그곳으로 돌아가지 못하고

둥둥

둥둥

상처들이 덧날 텐데

걱정을 하면서

여기는 바다가 아닌걸

꿈에서 깨면서

흥얼거렸어

구름이 지상으로 내려가면

안개가 된다는데

나는

나는

꽃이 죽었다는 것을 언제 알게 되나요

장례미사가 끝나고
흰 꽃을 한 아름 훔쳐왔습니다

내가 혼자 사는 방은 작아서
흰 향에 질식할 것 같습니다

숨이 막히는 기분으로
잠이 들고
눈을 뜨면 다시
그런 기분이 되어요

그 기분이 한결같다는 데서
마음이 잠깐 편해지기도 했어요

반복되는 잠
꽃이 꽤 오래 사네요

꽃의 줄기를 해부했던

생물학자들의 밤은 얼마나 고요했을까
실험실에 퍼진 향은 언제쯤 사라졌을까

궁금한 시간들을 견디다 보면
화병의 물은 이제 더 줄어들지를 않고

아직 배우고 싶은 원리가 많아서
더는 물을 빨아들이지 않는
두꺼운 줄기를 원망하다가

시든 꽃잎을 떼어 먹었어요
그것은 물컹한 맛이었지요

살아 있다는 것들의
시간이 헷갈려져요

꽃을 돌려놓으러 갔습니다
무성했다 초라해진 눈빛들이 거기에 있었습니다

4부

모르는 것을 자랑하는 것을 사랑하는 것

거대 동물들이 곧 나타날 거다

선풍기를 두 대나 돌리는데도
땀이 흐르던 저녁상 앞
굴비구이를 드시던 아버지가 말했다

미처 발라내지 못한 생선뼈 대신
아버지는 예언을 내뱉었다

공룡이 멸종된 게 날씨가 갑자기
추워져서 그랬던 게 얼마 전인데

이렇게 계속 더워진다면 커질 수밖에 없는 거다

우리 아버지는
경상남도 산청군 생비량국민학교만 나온
나의 아버지는
생선을 뼈째 와작와작 씹어 먹고

생선 눈알도 빨아 먹고

기록적 폭염이라는 아홉 시 뉴스를
한 귀로 흘려들으면서
혀를 내밀고 침방울을 떨어뜨리는
강아지랑 생선 살을 나눠 먹으면서
내일 아침엔 드디어 그 인간들을
찾으러 간다면서도
그런 것 말고 우리 아버지는

파충류가 집채만큼 커질 것을 대비하였다

글로벌워밍이니 클라이밋체인지니 그런
것은 몰라도 그런

거대 동물들의 멸망을 안타까워하는 것은
거대 동물들의 부활을 기다리는 것은
지구상에 우리 아버지밖에 없다

때로는 얼토당토않은 얘기만큼
반가운 것이 없지
어느 날의 짱깬뽀

아빠 나 회사 때려치우고 시를 쓸래
공룡이 나타난다는 마당에 무얼 할까?

굴비 꼬리에 젓가락을
대었다가
떼었다가 눈치를 보는데

아버지는 그 선언에도
아무렴 시집이 잘 팔리고 시인이 잘 나가지

김수영도 최승자도 모르지만
시인이 최고라는 것은
지구상에 우리 아버지밖에 없다

그런데 시란 당최 무엇이냐고
내게 되묻지 않았기에 나는
굴비를 마저 발라 쌀밥 큰 숟갈과 떴다

뼈도 눈알도 공룡 앞발도 다 쪽쪽댈 수 있을 거 같았다

태초에 마음이 존재했다

예술의 본령은
색을 훔치는 일이래

어떻게?

담요를 나누어 덮으면
그 아래서 벌어지는 일 같은 것

벌러덩 누워 있는 수컷 말들을 보았지
새끼를 두 마리씩 끼고 있는 암컷 양들을 보았지

모든 마음 지나치고 나니
펄펄 끓어오르는 땅

꼬불꼬불 연기 피어오르고 유황 냄새 지독해

어쩌면 한 치 앞이 보이지 않을 때야말로
주저앉을 수 없었어

사랑이 자욱해

물감이 없이도
다정한 뺨을 그릴 수 있다면
황톳빛 유황빛 비췻빛 갈맷빛 상앗빛 마음 하나하나에
깃든 게 무엇인지 알 텐데

새하얗고 새까맣고 새빨간 문장이라는 게 있을까

아무 색도 칠하지 않은 짧은 선들만
캔버스에 남겨두면
비가 되고

비가 거세지면
부연 시야가 씻겨나가고

주변에 높은 빌딩도 아름드리나무도 없는데

방향감이 살아나고 있어

땅에 밑줄을 긋고
귀퉁이를 접어두고
어디인지 정확히 기억해둘 거야

어느 날 아무렇게나 펼쳐도
제대로 와 있는 듯한 기분이 들게

암컷끼리 뒹굴고
수컷끼리 뒹굴고
그러다 흩어지더라도

대륙보다 큰 담요만 덮으면
그 위로 퐁퐁 끓어오르는 색들

그걸 마음이라고 부를까

하고

좋아한다 아니다 좋아한다

가지에서 차례로 떼어져 나온 이파리들

바닥에 떨어져 발자국이 되고

마지막 하나를 말할 때

걸음은 멈췄다

넌 참 생각이 많은 것 같아

난 다른 사람들의 머릿속에는 생각이 얼마나 들어 있는지 몰라

질문이 아닌데

대답하고

하나의 이파리를 손바닥에 펴놓자

무당벌레 날아든다

내가 가진 깨진 초록

그 위에

동그란 빨강과 동그란 검정들

한참 바라보다 건드려보고 싶어져도

나의 손이 크고 둔해

다리든 날개든 짓이기게 될 것만 같아

기다린다

숨 고르느라 조용한데

먼 데서 굴러오는 자전거 소리

황급히 날려 보내고

뒤돌아보면 오고 있다

남은 초록이 오고 있다

하현

내가 좋아하는 레몬 조각처럼 달이 기울면
배란기가 된 것
어떤 놈은 더 흥분하고 어떤 놈은 집에 데려다줬지
밤하늘을 자주 봐
확률 게임일까?
폴리우레탄으로 만들었다는 초박형 콘돔
얇아서 두 배 비싸다는데
그런 좋은 것들이
가끔은 나를 더 불안하게 해 알지
KF마스크와 알코올 손소독제
세상에나 필요한 것이 너무 많아졌어
사실 아무렴 상관없어
언제부터 마땅한 곳에서만 했었다고
아무리 날이 흐려도
달은 보이네
물론 아이폰에도 밤하늘은 있고
굳이 나가볼 필요 없겠지
그럼에도 꼬박꼬박 산책을 해

안심하고 싶어서
산책이 인류의 오래된 습관도 아니지만
이런 미래를 전혀 상상하지 못했었다고 떠들어
이룩한 미래란 고작
널려 있는 전기 킥보드 같은 거면서
그랬으면서 그냥 다
뉴노멀이래 순식간에 겁먹어서
젠장 나도 살짝은 무섭잖아
처음 본 애랑 하는 거
새로운 정상성의 시대가 개막하였습니다
와 아름답다! 우리의 거리 우리의 노력
탄천을 걸으며
마음을 가라앉힌다
매일 밤하늘을 올려다보고
레몬이 둥그레지길 기다려
몸에 뭘 넣긴 싫어
꼬박꼬박 약 먹는 것도 싫어
왜 그렇게들 달을 보고 소원을 비는 거지?

가장 중요한 것은 눈에 보이지 않는단다

천변 공중화장실 칸에

어린 왕자 그림과 한마디

눈을 감아봐

어김없이

앞사람이 문을 두드린다

댄스홀

천국은 공간이 아니라
시간

희미하고 작은 날짐승이
물 위를 걷고 있다

찍히지 않는 발자국 대신
수면 위에 그려지는 동그라미들을
속으로 세어보면

하나—둘—셋—넷
넷만큼의 천국

이름을 알지 못하는 날짐승의 걸음걸이를
따라 하기로 해 탱고

정해진 약속은 잊고

팔을 당기면 나의 반경

팔을 뻗으면 우리의 탱고

구두코 끝에 매달린 땀의
방울
떨어질 듯

둘—둘—셋—넷
멈추지 않는 파동

이곳엔 마음이란 게 없어요
둘 곳이 없어요

흐르면
탱고

종로

세운상가 옥상에서 우리는
노을이 번지는 하늘을 바라보고 있었어요

바람이 불자 내 뺨을 덮으려는 머리칼을
쓸어 넘겨주던 손

차가운 손가락이 닿은 곳

너무 추우면 눈물이 날 때도 있어

해가 떨어지기도 전에
셔터를 모두
내린 가게들

어둠이 일찍 찾아드는 곳

청계천 기계 골목을
어깨를 움츠리며

지나치고
귀금속 거리
약속을 기다리는 반지들을 의식하고
곧 헐릴 건물 앞에 멈춰 선 우리

커다란 그림자가 드리워져 있다
검은 일렁임은
무언가를 망설이는 듯해

우리가 이 건물의 마지막 사진을 찍을 수 있을까
그러니까 진짜 마지막을
그 순간을 알 수 있을까

물으며 고개를 돌리면
네가 보이지 않고

조용하고
낮게 먼지가 인다

어떤 입자들은 내려앉지 않는다

해가 다 지고도
가끔 하늘이 환할 때가 있어요

오늘도 이상해서 한참 바라보았어요

눈을 감고 들어라

자꾸 생각하지 말래 생각해봤자 나만 손해래 생각하는 게 아니라 그냥 떠오르는 건데 불쑥 불쑥 나도 벗어나고 싶어 적도의 섬으로 요가를 배우러 와서 매일 매일 명상을 하네

나마스테

천장에 붙은 도마뱀만 보면 눈물이 나 순식간에 몸을 움직이는 도마뱀이 부러워 도마뱀처럼 피할 수 있었을 텐데 재빠르게 달아날 수 있었을 텐데 후회해 하기야 도마뱀은 아무도 안 건드리겠지 누가 도마뱀을 범할 생각을 할까 그렇게 생각하니 저 도마뱀을 죽이고 싶어져 그렇게 믿고 나니 거꾸로 매달린 도마뱀이 갑자기 커져 왼 앞발 바닥을 쫙 오른 앞발 바닥을 쫙 왼 뒷발 바닥을 쫙 오른 뒷발 바닥을 쫙 뗐다 붙였다 하며 꼬리를 덜렁거리며 성큼성큼 걸어가네 슬리퍼를 던져 명중시키면 내게 무엇이 떨어질까 저기 저 도마뱀이 꼬리도 안 잘라내고 제 집으로 돌아가네

*

같은 내력을 가진 우리들은 비건 식당에서 모이고

안녕하세요 반갑습니다

오늘의 디톡스 주스를 주문하고

여기 물가도 이제 많이 올랐나 봐요

주문한 디톡스 주스가 차례로 나오고

어쩌다 우리는 여기서 다 만나게 되었을까요

디톡스 주스는 쓰고 맛이 없다

오늘 클래스 너무 좋았죠 전생이 떠오른 것처럼 눈물이 다 나더라니까요

한 사람이 우는데 다 따라 흐느낀다

지나온 일들이 전부 전생이 되기를

한 사람이 말하자 다 따라 말한다

전생이 되기를 전생이 되기를

한 사람이 질문을 한다

며칠 동안 동굴에서 명상을 하면 정말 새로 태어난 기분이 들까요

한 사람이 대답을 한다

야스민 선생님이 직접 겪었다니까 믿을 만하지 않을까요

디톡스 주스는 양이 많다

없던 일이 될까요
한꺼번에 울 듯하다

*

나는 아직 죽은 사람
지긋지긋해 어제의 나와 헤어진 지 오래지만
나는 아직 죽지 않은 사람
지긋지긋하게 어제의 나에게 매달리는
나는 오랫동안 사람
수탉이 울지를 않고 방귀를 뀌면
암탉이 주리를 틀고
수사자가 사냥을 안 하고 머리를 빗으면
암사자가 가위를 들고 쫓아온다
기록에는 남아 있지 않았으나
서역에선 이런 일도 허다하였다
나는 가위를 사러 갈 사람
나는 기다린 사람

나는 생리하는 사람

나는 참아온 사람

나는 가위를 휘두를 사람

나는 갑자기 우는 사람

나는 피 묻은 빨래를 하는 사람

나는 못 지운 사람

나는 이제 때를 놓치지 않을 사람

나는 잠이 안 오는 사람

해야 할 일을 할 시간이 다가오고 있다

아랫배에 핫팩을 붙이고

마지막 가부좌를 튼다

눈을 감고

고개를 들어라

Sinking Sun

떨어진다 떨어진다
강으로 저무는 해를 보며
아버지가 소리친다

저 큰 해가
떨어지면 우리는 어떻게 되나
취한 아버지가 소리친다

그런 말일랑 그만 주워 담고
집에나 가자 한다
어머니는 저녁이 무섭다 한다

철새도래지 경적 금지
가로등마저 드문 강변
어머니는 재촉한다

*

해 떨어지고도 아무 일 없이 밤 지나갔고

나 혼자 강변이다

먼 데 풍경 여전하고
발아래
죽은 풀
죽은 벌레
죽은 물고기

죽은 상괭이도
죽은 사람도 가끔 보인다고
어촌계장 아저씨가 얘기해준 적 있다

이 강은 죽은 것들을 언젠가 뱉어낸다고
아저씨는 말했다

다른 강에서는 고기잡이를 해본 적이 없어

다만 다른 강들은 모르겠다고 그랬다

나는 그의 말을 더 듣고 싶었다

그렇게 시간이 오래 걸리는 걸까
모든 게 흐물거리게 될 때까지
몇 년 아니 수십 년의 일일지도 모르지

그때 강의 결심은
무엇일까

묻지 않는다

*

계속 걷는다

나의 발걸음은

제멋대로가 된다

몹시 창피한 일 떠오르고

아니야 아니야
넘어질 듯

결국 돌부리에 걸리고

더러운 돌멩이 하나를 주워
물수제비를 떠본다

내가 못하는 많은 것 중 하나

퐁당
바로 수면 아래로 사라지고

곧장 조용하다

그 돌은 살아 있었나 싶다

아무것도 물어볼 수가 없어서
영원히 가까워지지 못할 거야

사방이 트인 강가에선
메아리를 기대할 수 없다

어느새
커다란 해 어김없이
떨어질 듯 떨어질 듯

집으로 돌아가는 길이
보이지 않는다

☾ 에곤 실레.

외재와 내재

나는 분명 책을 읽고 있었는데 어느새
깊고 아름다운 눈을 물끄러미 바라보고 있었다

그것은 사라 쿵[☾]의 눈
아래에 작은 코와 얇은 입술

나는 그 얼굴 속으로 점차 빠져들었다

다른 장면 속에서
사라 쿵의 표정이 어두워지고

영문을 모른 채로
나도 따라서 침울해졌다

해결할 수 없는 빚과
출처를 도무지 알 수 없는 향기 같은 것이 함께 있었다

여러 갈래의 길목에

내가 가진 가장 무거운 문진을 올려놓았다

광장과 극장보다는
가족이 중요하다는 말이 TV에서 들려오고

시금치 몇 단과 양파 두어 개
길 위에 팔려고 내놓은 작은 채소들을
바라보고 있었다

손등에 흙먼지가 날아와 묻는다
그저 책을 읽고 있었는데

☾ 앙투안 볼로딘, 『미미한 천사들』, 이충민 옮김, 워크룸프레스, 2018.

독자에게

나는 끊임없이 쓰기에 대해 생각한다 하지만 실제로는 쓰지 않는다 나의 직업은 작가이나 아무것도 *실재하게* 쓸 필요는 없다 나는 머릿속으로 쓰는 사람이다 머릿속으로 수백 수천 개의 문장을 썼다 그것들을 고쳤다 또 지웠다 그리고 다시 썼다 그 문장들은 출판이 되어 책으로 나오고 물론 나의 머릿속에서의 일일 뿐이지만 나는 이미 충분히 인정받았다 나의 책은 꾸준히 팔렸다 그리고 나에게는 후속 작업에 대한 요청 내지는 독촉이 시작되었다 나는 그것들과 전혀 상관없이 쓰고 또 쓴다 그리고 일정량이 모이면 머릿속 저편의 출판 관계자에게 원고를 넘겨버린다 그래야만 무언가 또 새로 쓸 수 있을 것 같은 기분이 되기 때문이다 이것은 실제로 매우 효율적인 방법이다 머릿속으로 쓴다는 것은 우선 장소에 구애받지 않는다 나는 장거리 운전을 하면서도 쓰고 버터플라이 영법을 하면서도 쓴다 디너파티에 초대받아서도 쓰고 웹툰을 보면서도 쓴다 내가 운전을 할 줄 모르고 버터플라이 영법을 배워본 적이 없으며 디너파티에 가본 적이 없고 만화든 뭐든 본 적이 없다는 사실은 중요한 게 아니다 나는 지금 머릿속으로 쓰기의 무한한 가능성에 대해서 말하고 있는 중이니까 쓴다는 일은 머릿속에서 놀랄 만큼 계속된다 심지어 내가 잠을 자는 동안에도 계속된다 그것은 꿈이 아니다 상상이 아니다 쓰고 싶다는 욕망과 써야 한다는 의무감이 한꺼번에 나를 잡아먹으려고 할 때에도 나는 손톱을 물어뜯지 않아도 된다 머릿속으로 문장들을 발음하면 그만이다 그것들은 정말 술술 흘러나온다 머릿속에도 독자가 있느냐고? 물론이다 나는 독자 그룹을 "창조해내지" 않는다 독자들의 반응이 가끔 필요하다면 내 머릿속에는 그런 것들이 널리고 널렸다 그러나 진짜 중요한 것은 내가 현재 이 순간에도 쓰고 있다는 사실 그것뿐이다 나는 지금 막 머릿속으로 시 한 편을 떠올리고 있다 그것은 자연스레 도약하고 있다 그것은 스스로 탈주하고 있다 그것은 저절로 완성되고 있다 다만 언어에 빚질 뿐 노래가 만들어지기 이전에도 노래를 부르는 사람이 있었던 것처럼

부록

주파수를 맞출 수 없는 라디오 채널에 관하여

장례식장에 자주 갔다.

…

대체로 늦은 밤 돌아온다. 텅 빈 방 안은 고요하다. 홀로 고요하게 있다 보면 하릴없이 쓸쓸해진다. 견딜 수 없었다. 적막을 음악으로 덮으면 선율이 빚어내는 아름다움이 퍼진다. 애초에 불협화음은 레코딩 되지 않으니까, 모든 음은 아름다움을 완성하기 위해 흐른다. 때로는 그것이 나에게는 상처가 되었다. 어떤 방식에서 비롯된 아름다움이든 간에.

…

내 귀에는 귀꺼풀이 없다.[◟]

빈소 입구에서 나는 '살아 있음'들의 소리를 계속 들었다. 오열하면서 살아 있음. 통곡하면서 살아 있음. 무너지면

◟ 파스칼 키냐르의 책 『음악 혐오』(김유진 옮김, 프란츠, 2017) 중 "귀에는 눈꺼풀이 없다"는 문장에서 빌려옴.

서 살아 있음. 주저앉으면서 살아 있음. 눈물을 닦으면서 살아 있음. 눈물을 닦아주면서 살아 있음. 어깨를 두드리며 살아 있음. 그곳에서 나는 어지러이 흩어지는 말들을 받아 적으면서 살아 있었다.

…

다시 방 안에서 혼자가 되어 월드 라디오를 듣는다. 적막을 배신하고 싶고 음악을 참을 수 없는 날이면 낯선 발음들로 이루어진 그 세계에 접속한다. 시간대에 따라 서로 다른 외국어들로 뉴스가 전해진다. 내가 알지 못하는 언어로 표현된 이 땅의 소식들을 나는 추측하지도 짐작하지도 않고 그저 **듣고 있다**.

무수히 발음되는 음운들. 나는 소리들 안에 잠길 수도 없고, 그 소리들로부터 영영 멀어지지도 못한 채로 있다. 그렇게 거리를 유지하고 있다는 사실만으로 잠시 안정감을 느끼기도 한다. 그때 내 방에 누군가 찾아온다면 소음처럼 느껴진다고 얘기할지도 모른다. 그러나 나는 제법 이해하기 시작한 소음. 의미로부터 자유로워진 이해. 나만이 느낄 수 있는 것을 나만이 느끼고 있다는 자각. 어쩌면 환각.

구글 검색 한 번이면 지구 반대편에서 무슨 일이 일어나는지 손쉽게 알 수 있는 시대에, 나 말고 누가 또 이 채널에 귀를 기울이고 있을까? 가끔 궁금해했다.

…

이 채널의 타깃 청자는 한국에 거주하는 한국어 사용자가 아니기 때문에 대한민국에서 라디오 주파수를 맞출 수는 없다. 그래서 아이러니하게도 나는 인터넷을 통해 이 채널과 닿는다. 저기에서는 주파수를 가지지만 여기에서는 FM도 AM도 아닌 라디오.

…

주파수 없음. 불현듯 인식되는 영토의 현현함. 그 사실로부터 한 치도 옴짝달싹할 수 없다.

…

그럼, 잠깐 질문 좀 해도 될까? 만약에 정말 신이 있다면, 신은 국경을 얼마나 이해하고 있을까? 그 물음에 대해 오래 생각하던 새벽, 최소한의 영토는 몸일 수밖에 없구나, 그렇게 받아들이게 되었어. ***몸이라는 영토***. 어린 학생들이 죽어 돌아온 장례식장 앞에서 무슨 말을 할 수 있었을까. 수백 개의 영토가 사라졌다. 모든 은유는 사실 정언이다. 상실을 깨달을 때 자꾸 작아지는 목소리가 있는가 하면, 울부짖을 수밖에 없는 목구멍들이 있었다. 그리고 라디오에서 매 시각 각기 다른 억양으로 불리던 고유명사. Sewol. 점점 낯설게

들렸다. 점점 선명하게 들렸다.

…

나를 사랑하는 사람들이 내게 시를 쓰지 말라고 말해요.

나를 사랑하는 사람들이 내게서 슬픔을 빼앗아 가려고 해요.

나의 겁쟁이 마부를,

사랑이란 이름으로.

…

이제 나는 라디오를 끄고 무언가를 적는다. 시가 되기도 하고 시가 안 되기도 하는 것들을. 깨어 보면 종이는 젖어 있고 글자는 번져 있다. 흐려져 있다. 지워져 있다. 어쩌면 이게 더 시에 가깝다는 생각도 든다. 그 뒤로 나는 시도 때도 없이 시와 뒤엉켰다. 수군수군한 사람들. 나한테 가장 부족한 건 정숙함이라고. 그런 말을 들은 날마다 기도한다. 나는 아직 충분히 문란하지 않아. 그러니까 아무것도 실컷 하지는 못 했는걸. 실컷 쓰고 실컷 찢어도 봤지만… 도대체 언제쯤 **제대로** 실컷 살 수 있지? 그런데 어떻게 해도 실컷 살 수 없다면… 말하자면 스물여섯 시간을 깨어 있고 스물일곱 시간을 내리 잘 수 있다면… 책을 대여섯 권씩 연달아 읽고, 러닝타임 328분짜리 영화 정도는 가볍게 보고, 수면 유도용 타트체리를 삼킬 필요도 없이 늘어지게 잘 수 있다면… 지나가는 개미가 묻는다. 이 사람은 살아 있나요? 곯아떨어진 이는 대답이 없다. 그렇게 자고 일어나면 어쩐지 다시 태어난 기분일 거야. 불과 그저께가 마치 전생처럼.

…

그런데 요즘에 누가 시를 읽어? 시를 쓴다고 하면 나오는 반응들. 기이한 이야기를 들려주니 그제야 조금씩 관심을 보인다.

처음 시를 쓰기 시작했을 때 자꾸 전화가 걸려왔어. 죽은 이를 그리워하는 사람이, 죽은 이를 도저히 못 보내겠는 사람이… 수화기 너머에서 다들 제발 꿈에서 한 번만이라도 보고 싶다고 울먹였어. 그날 밤이면 나는 정성껏 썼어. 그러니까 그때 내가 쓴 모든 시는 추모시가 되었지. 아침이 돼 나의 시를 그들에게 건네주면 며칠 뒤에 어김없이 기별이 와. 시를 읽고 정말로 꿈에서 만날 수가 있었대.

어, 그러니까 시내림, 그런 건가? 누군가 말했다. 내가 시로 쓰면 된다고. 내 시가 약발이 좋다나.

그리하여 대박을 기원하는 시를 써달라는 주문을 받았다. 어서 시를 써서 대박을 치게 해달라고 했다. 나는 어이가 없어 그렇다면 시값을 달라고 했다. 굿에도 부적에도 값이 있듯이 내 시도 공짜가 아니어야 효험이 있다고 했다. 아주 싸게 오만 원에 해준다고 했더니 코웃음을 쳤다. 어차피

시를 쓸 것 아니냐면서. 시가 써지면 제일 좋은 건 시인이 아니냐면서. 결국 백 번도 넘게 들은 말을 또 들었지. 시는 돈이 안 된다니까.

…

어느 여름 적도의 해변에서 취해 누워 있는데, 무슨 기계를 끌고 백사장을 걷고 있는 주황색 머리의 키다리 남자를 보았다. 멀리서 그것은 흡사 거대한 호텔용 청소기처럼 보이기도 했는데, 점점 가까워져서 자세히 보니 금속탐지기인 모양이었다.

"What are you looking for?"

내가 물었다.

"Love."

그가 대답했다.

다이빙하다가 빠져버린 14k 귀걸이, 바다에 던져버리고 간 커플링, 18세기 항해선에서 유실된 보물, 그런 것들이 기슭으로 밀려왔을 거라고 믿고 있는 걸까. 처음에 나는 저이가 자신이 잃어버리지도 않은 걸 열심히 찾고 있다고 추정했다. 그런데 뙤약볕 아래서 너무나도 진지한 그의 모습을 한참 동안 지켜보자니, '러브'라는 말이 농담이 아닐 수도 있겠다 싶었다. 금이 아니라, 돈이 아니라, 그는 정말로 어떤 상실을 되찾고 있었던 것일지도 모른다.

…

시를 쓰는 한밤중이면 금속탐지기를 든 남자가 가끔씩 떠올라. 나는 무엇을 찾아 이 너른 언어의 백사장을 누비고 있는 것인지. 중요한 무언가를 잃어버린 채 살고 있다는 감각에 너무나도 깊이 빠져버린 바보가 된 것만 같다. 하지만 이렇게 기슭만 헤매다가는 아무것도 될 리가 없잖아. 써도 써도 닿지 않는 언어의 심연이 있어, 거기에 정말 그것이 있을까?

…

많은 것을 외면하고 살아 있다. 많은 여성들의 죽음. 많은 기록되지 않은 죽음. 많은 난민들의 죽음. 많은 목격자들의 죽음. 많은 군인들의 죽음. 많은 군인들에 의한 죽음. 많은 컨베이어벨트 위의 죽음. 많은 HIV 감염인들의 사회적 죽음. 명령에 따르느라 죽음. 명령을 배반하느라 죽음. 많은 것을 외면한 채 먹고 살고 있다. 많은 소들의 죽음. 많은 돼지들의 죽음. 많은 수평아리들의 죽음. 태어나면서부터 죽음. 많은 암탉들의 죽음. 팔리면 죽음. 팔리지 않아도 죽음. 많은 주인. 많은 무덤. 무덤보다 더 많은 지어지지 않은 무덤.

…

크리스마스에 대성당에 가서 돈을 내고 초를 켜는 사람

들을 보았다. 석가탄신일에 큰 절에 가서도 돈을 내고 등을 켜는 사람들을 보았다. 마음이 드글드글한 곳을 기웃거려 보았지.

…

세상을 동정하라 안 하려거든 걸귀가 되어,
모든 것을 무덤과 함께 먹어 버리라.⏾

…

무덤 너머에 너부러진 나의 문장들은 힘이 없었다. 어떤 이야기는 온전히 말해질 수 없었고, 어떤 이야기는 수다스러운 토로 그뿐이었다. 나의 언어는 지향에 영영 도달하지 못할 것만 같았다. 그러나 쓰는 행위, 수없이 반복된 받아 적음은 나를 여기에서 저기로 옮겨 놓았다는 감각.

⏾ 『셰익스피어 소네트』, 피천득 옮김, 민음사, 2018.

…

남들이 다 아니라는데, 혼자서 빠져본 적 있나요? 나는 너무 좋아서 펑펑 울기까지 했는데요.

혹평이 쏟아진 어느 영화의 시나리오를 쓴 작가가 각본집을 펴내면서 아래와 같이 말했다.

"악평을 하나하나 읽으면서 했던 다짐을 기억합니다. 다시는 이런 영화를 쓰지 말아야겠다, 다시는 이런 기분을 느끼지 말아야겠다. 그리고 또 이 영화를 쓰고 있을 때의 느낌도 기억합니다. 등장인물들을 하나하나 다 사랑했던 것, 이 병자들을 조롱하거나 불쌍하게 여기지 않으면서 즐겁게 웃을 수 있는 영화가 되리라고 믿었던 것. 그래서 누군가 이 영화를 좋아한다고 하면 저는 그 사람을 무조건 친구라고 생각합니다."☾

그 영화에는 이런 대사가 나온다.

☾ 정서경·박찬욱, 『싸이보그지만 괜찮아 각본』(그책, 2016)에서 정서경이 쓴 「작가의 말」.

원하는 건 뭐든지 드릴게요

화요일도 토요일도 다 드릴게요

언젠가 꼭 하고 싶은 말이 있었다. 세상에 아무리 싫어하는 사람이 많아도 그 마음을 다 합한 것보다 더 큰 좋아하는 마음을 가진 사람 한 명이 있을 수 있어요.

…

문득, 삶에 대한 두려움이 사그라드는 것을 느꼈다.

…

어쩌면 그것은 내 생의 첫 쟁취였다. 문학이라는 이름의 자장 안에서 나는 멀리 멀리 갔다. 세상에 어떤 작품도 내놓기 전이었지만, 그런 것은 전혀 상관없다는 기분이 들었다.

언제라도 내게 닥칠 비참함으로부터 도망갈 구석이 생겼다고, 외려 비밀스러운 기쁨을 느꼈다.

읽고, 쓰고, 읽고, 쓰고, 울렁이는 파도 위에 올라 서 나는 두려움 없이 다른 차원의 생을 소망했다. 아기를 갖고 싶었다.

금요일도 일요일도 다 줄 수 있다며.

…

하지만 나의 신체는 자연 임신의 가능성이 차단된 상태였다. 게다가 나는 스스로를 자꾸 의심하는 사람. 나의 소망이 규범적 여성성을 적극적으로 수행하려는 욕망은 아닌지, 인생의 결핍을 메꾸려고 하는 손쉬운 선택지는 아닌지 걱정됐다. 의심이 계속되는데도 소망은 풍선처럼 점점 더 부풀어 올랐다.

임신과 출산을 선택했다. 험난한 시험관 시술 과정이 진행되었다.

엄청난 양의 호르몬제가 내 몸에 들이부어졌다. 내 몸에서 난자를 채취하고, 배우자의 몸에서 정자를 배출하여 배양실에서 그들을 만나게 했다. 그들은 몸 밖에서 수정하고 동결되었다. 얼었던 배아는 다시 해동돼 어느 노련한 의사의 손을 통해 내 몸으로 들어왔다.

…

나의 아기는 상하 운동과 리듬에 의해서 만들어지지 않았다.

…

이 일련의 과정이 어찌 보면 참 q.u.e.e.r하다고 생각됐는데, 임신과 출산을 간절히 원하는 나의 모습은 표면적으로는 정상성에 매우 집착하는 모양새여서 종종 심리적 교착

상태에 빠졌다.

느닷없이 찾아오는 빈맥⸢이 나를 자주 괴롭혔다. 피부가 닿은 모든 곳에서 거세고 다급한 심장 소리를 느꼈다. 베개 위에 올려진 귓불에서, 턱을 괸 손목에서, 손바닥으로 쓸어내리는 가슴에서, 그 규칙적인 박동음은 너무나도 소란했다. 오직 나에게만 거슬리는 소리들. 마음의 이명. 그것은 어떤 대가처럼 나를 꾸짖듯이 울려댔다.

…

그러나 최초의 '응애' 소리 이후 나는 의심을 거둬들였다.

출산한 날 마취가 풀리자마자 밤새 글을 썼다. 나는 그 글에 김혜순의 시 제목을 따와 '딸을 낳던 날의 기억'이라는 제목을 붙여주었다.

다행이야. 너의 비롯됨이 ***온통스러운*** 환희가 아니어서. 나는 슬픔을 빼앗기지 않을 것이다. 계속해서 쓰고 싶어지

⸢ 심장 박동수가 분당 100회 이상으로 빨라지는 증상.

는 마음이 있다.

웃는 얼굴을 보고 함께 웃어주다가도,

볼에 뽀뽀하고 온몸으로 안아주다가도,

책을 읽어주고 노래를 불러주다가도,

통통한 발바닥을 조몰락거리다가도,

나는 쓰고 싶어진다.

문학의 자장 안으로 빨려 들어가다가 너를 품었으므로.

너를 낳기 이전에 **태어남**을 먼저 낳았으므로.

…

망자를 달래는 곡소리가 울려 퍼진대도 꽃잎은 나뭇잎은 피어난다. 아무리 소리 높여 관악대가 행진을 한대도 낙엽은 진다. 뭍으로 올라와 있는 조각배에는 틀림없이 낙엽이 쌓여 있고.

모두 같은 것임을 아는 일. 쓰는 일.

…

…

…

쉽게 책장을 덮는 계절입니다. 그런데 여기까지 오셨다면, 우리는 같은 라디오를 듣는 사이일지도 모르겠습니다.

아침달 시집 37

오로라 콜

1판 1쇄 펴냄 2024년 3월 14일

지은이 숙희
편집 송승언, 서윤후
디자인 정유경, 한유미

펴낸곳 아침달
펴낸이 손문경
출판등록 제2013-000289호
주소 04029 서울시 마포구 양화로7길 83, 5층
전화 02-3446-5238
팩스 02-3446-5208
전자우편 achimdalbooks@gmail.com

ISBN 979-11-89467-57-9 03810

값 12,000원